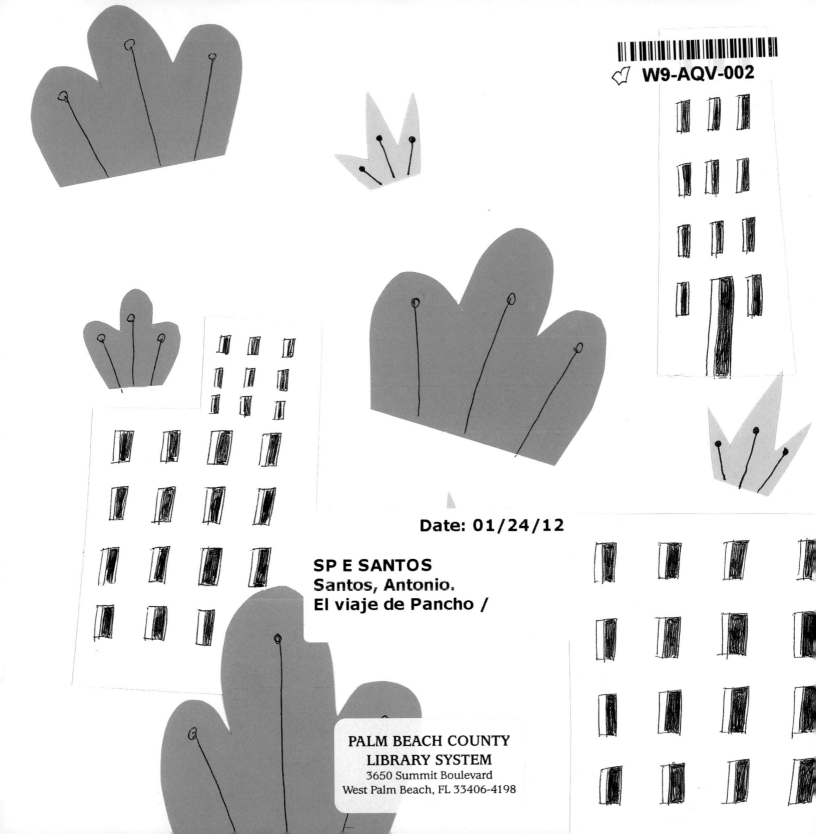

Para Cecilia y Marta

Colección libros para soñar

© del texto y de las ilustraciones: Antonio Santos, 2005
© de esta edición: Kalandraka Ediciones Andalucía, 2005
Avión Cuatro Vientos, 7 - 41013 Sevilla
Telefax: 954 095 558
andalucia@kalandraka.com
www.kalandraka.com

Diseño: Ana Barros
Impreso en Tilgráfica - Portugal

Primera edición: abril, 2005
D.L.: SE-1129-05
I.S.B.N.: 84-9638-808-5

el viaje de pancho

antonio santos

kalandraka

Pancho, el pequeño elefante gris,
fue capturado por los humanos.

Para cazarlo habían utilizado como cebo
aquello que más le gustaba:
una preciosa tela de cuadros.

Los traficantes de animales
se lo vendieron al Gran Octavio,
el famoso domador del Circo Continental.

Pancho, Monosabio y el ratón Perico
realizaban un número espectacular.

Eran la mayor atracción del circo.

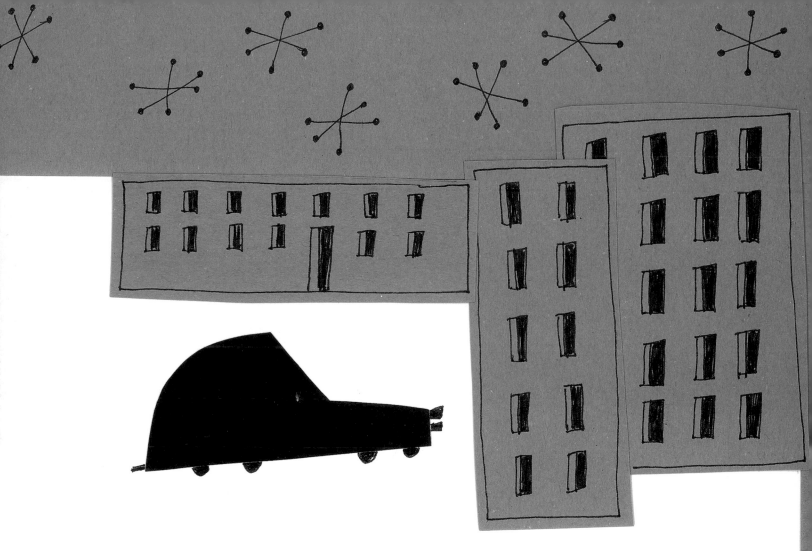

Pero...,

el aplauso del público no les hacía felices.

Los tres amigos no eran las estrellas

que aparentaban, sino unos cautivos

soñando con su libertad.

Un día, aprovechando un descuido del domador,
se escaparon del circo.

Cruzaron ciudades,

escondiéndose de los humanos.

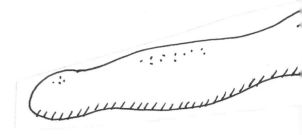

Les resultaba difícil pasar desapercibidos.

Y aprendieron a disfrazarse.

Atravesaron campos y pueblos.

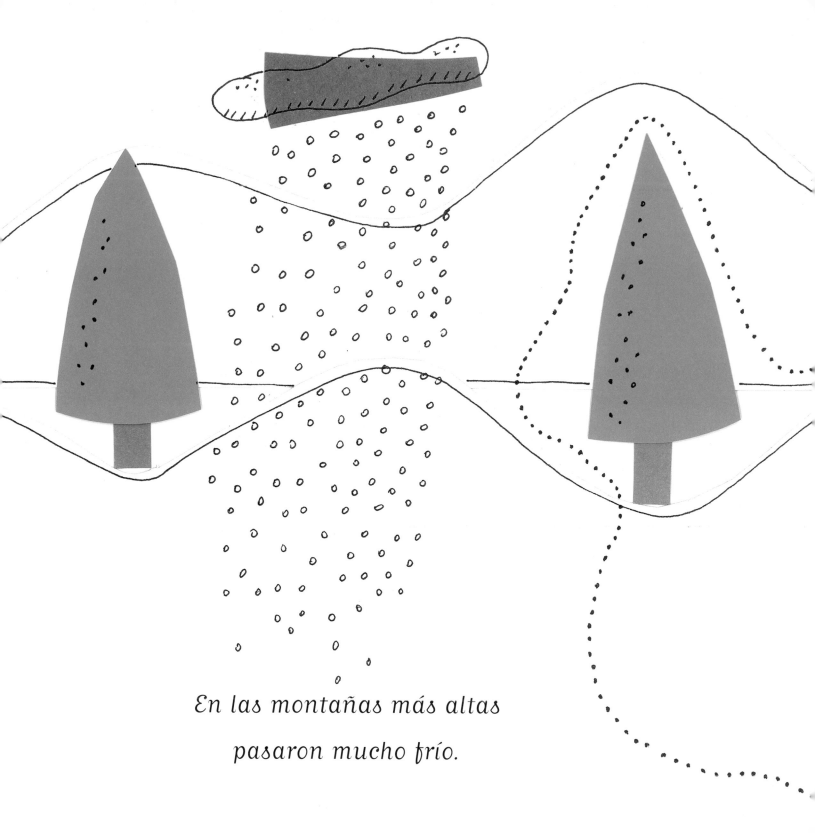

En las montañas más altas
pasaron mucho frío.

El primero en llegar a su casa fue Perico.

Alegres y tristes al mismo tiempo, se despidieron.

Pancho y Monosabio continuaron su viaje.

Cuando llegó el verano

los dos amigos se disfrazaron

de turistas.

Se bañaron en las playas,

felices por estar juntos.

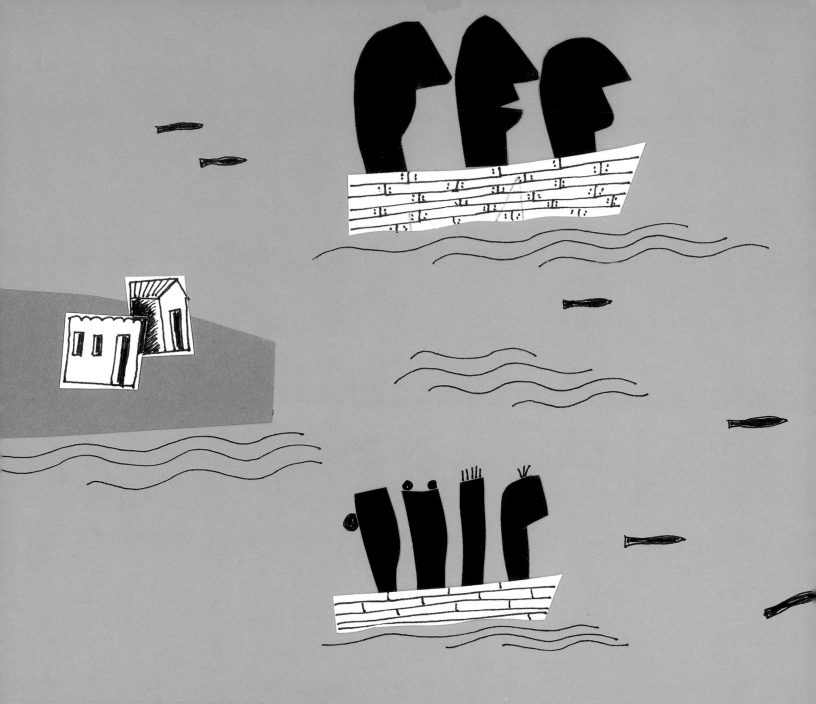

Cruzaron el mar en una barca abandonada.

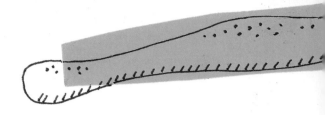

En el desierto,

Pancho se disfrazó de camello

y Monosabio de beduino.

Por fin llegaron a la selva.

Era el final del viaje para Monosabio.

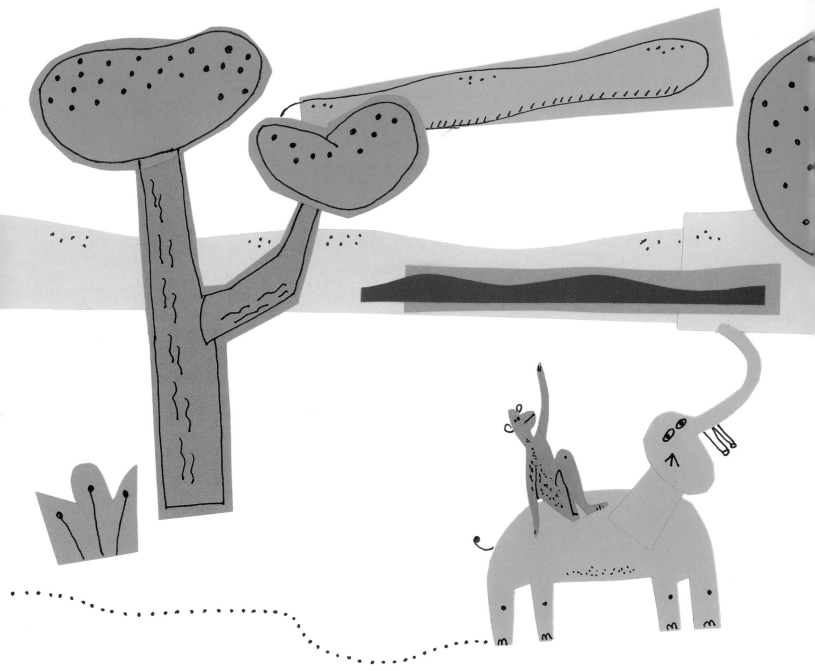

Su familia se alegró al verlo.

De nuevo la despedida fue muy triste.

En la sabana Pancho se reencontró con los suyos.

Una gran sorpresa le esperaba:

en su ausencia había nacido **Berta**, su hermana.

Fue entonces cuando le mostró la tela a su padre

y se la entregó.

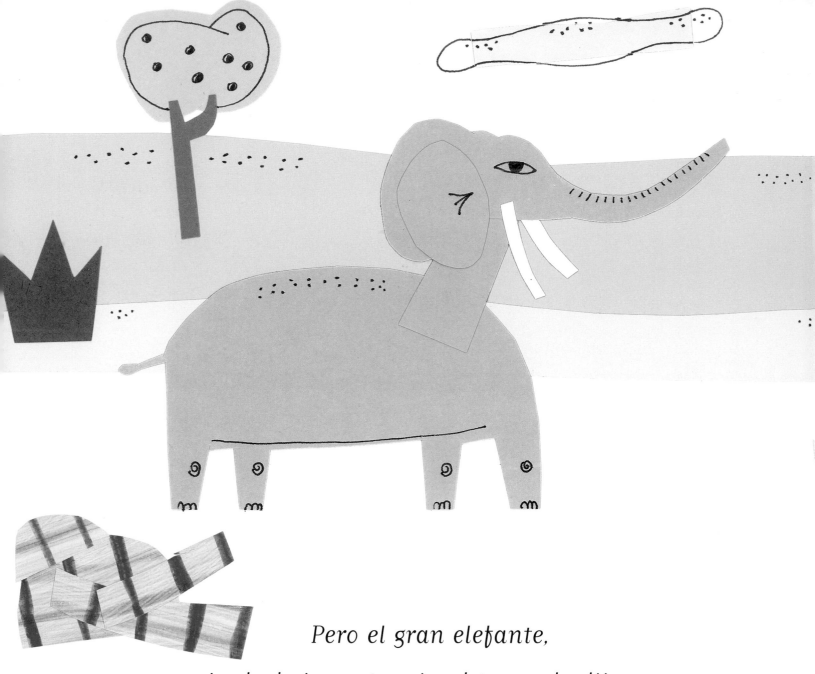

Pero el gran elefante,

sin darle importancia al trapo, le dijo:

"¡Pancho, anda, regálame tu viaje! ¡Cuéntamelo!"

Pancho suspiró y comenzó su relato diciendo:

"Cuando fui capturado por los hombres..."